Doris Oswald

Und der Himmel
so blau ...

Mit Aquarellen von Renate Otto

*Herzlichst*
*Doris Oswald*

Messner Verlag

# Das Jahr

jung,
voller Hoffnung,
fliegt mir entgegen
auf einer Schneeflocke,

blinzelt
mir zu,
legt sich
auf gefrorenes
Land

und harrt
der Dinge,
die da kommen.

# Winter am Bach

Die Weide,
knorrige
Alte,

starrt
auf glitzerndes
Eis,
zählt die Tage
des Frostes,

sucht
verzweifelt
ihr Spiegelbild.

# Vorfrühling

aufatmen,
die wintermüde Last
abstreifen,
sich der Sonne,
dem Wind hingeben

und den Erwartungen
den Tisch decken.

## Märzluft

milde,
streicht über
frische Erde,

lockt mir
den Frühling
herbei

und spielt mit Farben
am sonnigen Hang.

# Die Liebe

Ich muss weiter,
rief die Liebe
und schwang sich auf den Zug,

brauste ab
und war in vielen
Bahnhöfen zu Gast.

Sie kommt wieder,
tröstete die Sehnsucht,
sie kommt bestimmt wieder,
vielleicht in
anderer Gestalt.

# Manchmal

abschalten,
die Augen schließen,
mit den Gedanken
davonfliegen,
sich gleiten lassen,
entspannen

und dann wieder
da sein,
mitten im Leben,
mit neuer Kraft.

# Wissen

dass jemand da ist
der verlässlich ist
der dich tröstet
der dir Halt gibt
wenn dunkle Wolken
Schatten werfen.

Welch ein Glück!

# Der Sessel leer, der Jahre dich getragen

Ich gehe manchmal
in dein Zimmer,
du lebst für mich
noch jetzt darin
und trage dich
dann in  Gedanken
zu deinem alten
Sessel hin.

Ich streichle sanft
dir deine Hände
und flüstre Worte
nur für dich,
hast du dein Zimmer
auch verlassen,
lebst du noch lang
darin für mich.

# Wind

wilder
stürmischer
stellst mir
die Haare zu Berge

schmeichelst
streichelst
trocknest das Salz
auf meiner Haut

und verziehst dich
gegen Mittag
lautlos
mit den Wellen
am Strand

# Sommernacht

sternklare
laue
unter deinem Dach
flüstern
viele Stimmen.

Du! Komm –
lass uns den Duft
des Jasmins trinken,
der uns Leben
verheißt

# Einmal anders

Wir schlagen die Zeit
den Schnecken
auf die Schwänze

vertrödeln den Tag
mit nichtsnutzigen
Ideen

ohne Eile
ohne Weile
und ohne Ziel

## Schmetterling

feiner
zarter
Flattermann
gaukelst von Blüte zu Blüte
spiegelst dich
im Tausendgüldenkraut

zeigst mir
die Schönheit der Natur
an diesem wundervollen
Morgen

der Tag bekommt ein Gesicht

# Es geht weiter

Wer sagt denn,
dass es nicht weiter geht,
wenn Verzweiflung
das Herz einschnürt?

Steht nicht jeden Tag
auch die Natur
zu neuem Leben auf,

blühen nicht gerade jetzt
die Rosen,
die mit ihrem Duft
unsere Seele streicheln?

# Mein Baumfreund

Er ist einer
unter vielen,
ihn sucht ich
beim Spaziergang aus.
Ich stand heiter,
voller Träume
still unter
seinem Blätterhaus.

Genieß den Morgen,
raunt er weise,
die Eule ging
heut früh zur Ruh
und nebenan
die junge Eiche
sah neugierig
uns beiden zu.

Ich muss weiter,
sag ich leise,
Kamerad
im Blätterkleid.
Und mir war,
ich hört ihn rauschen,
vergiss mich nicht,
hat mich gefreut.

# Spuren

Heute
nach vielen Jahren
lief ich
über unsere Wiese

eingetaucht
in bunte
Farben
rückte ich
in Gedanken
noch einmal
unser Kissen
zurecht

doch der Wind
versteckte es
unter einem
Dornbusch.

# Dünengeflüster

Im Sand
zwischen Wildgras
und Heidekraut liegen,
geborgen im Flüstern
der Wellen
und träumen,
nur träumen,
ganz ohne Ballast.

Abends dann,
wenn die Zeit
die zurückgelassenen
Gedanken einsammelt,
sich tragen lassen
vom Licht
der untergehenden
Sonne.

# Traumsonate

Nachts, wenn das Verweilen
über der Stadt liegt,

der Kastanienbaum
seine Silhouette
unter den Mond stellt,

lege ich meine Träume
um dich,

um anderntags zu frieren
in der Gewissheit,
dass du nicht da bist.

# Roter Mohn

du schöner,
wilder,
seh dich
im Feuerzauber
stehn

stolz im Glanze
der Vollendung
und so nahe
dem Vergehn.

# und der Himmel blau

Wind, der atemlos macht,
verspielter,
zärtlicher,
stürmischer,
kehrt zuunterst
zuoberst,
bläst einem die Ohren voll ...

Sand,
feiner weißer,
klammert
sich an das Meer.

Wellen,
unbändig wild,
schlagen,
rauschen,
tragen weiße Spitzen.

Möwengekicher

und der Himmel
blau, unendlich blau ...

# Station am Wege

Du bist gegangen,
wie du gekommen bist.
Die Zeit bestimmend,
natürlich, versteht sich,
unverbindlich.

Dein Strauß,
in der Erinnerung erstarrt,
steht immer noch
in meinem Zimmer
und die Rosen duften
stärker als zuvor.

# Wie gut das tut

nach einem heißen
schwülen Tag
dem Abendwind
die Stirne bieten
den Arien
der Amseln lauschen

und dem Wohlbehagen
Tür und Tor öffnen

# Pharao

dein Meer
hat viele Farben
deine Sonne
ist heiß

dein Himmel
ewig blau
schneidet heute
Wolkengesichter

und dein Wind
spinnt mir Gedichte
malt mir Geschichten
über dich
in den Sand

# Lass dir deine Träume nicht nehmen

Genieße das Morgenlicht,
das Lied einer Amsel
und sage den Blumen
vor dem Fenster
guten Tag.

Nur mit wachen Augen
begegnet dir das Glück.

# spätsommer

Die Wiesen sind nicht mehr
so fruchtig wie im Frühsommer.
Sonnenzerfurchte Wege
und älter gewordene Wälder
schließen den Reigen
um wieder länger
werdende Nächte.

Lass uns die Tage
noch genießen,
bevor der Herbst
sein Fundament legt
und die Nebel
ihre Wände stellen.

# Wiesenblumen

blaue
vom Wind gestreichelt
atmen
den Sommer aus

der Mittag räkelt sich
gelangweilt
in den Bäumen

und die Septembersonne
webt goldene Seide

# Kleine verwunschene Bank

schaust träumend hinunter
auf die Stadt,
vor dir die golden
glänzenden Weinbergfluren
hinter dir,
zwischen Bäumen und Sträuchern,
der kleine Zickzackweg zum Gipfel
zum kleinen weißen Türmchen,
das wie ein Zeigefinger
in den herbstblauen Himmel sticht.

Am schönsten ist es hier oben,
wenn die lärmende Stadt
zur Ruhe kommt,
die heraufziehende Nacht
ihre Lichter anzündet
und die Weingeister,
zwischen den Rebstöcken,
alte Geschichten erzählen.

# Spätlese

Nach dem zweiten Glas
belebt sich meine Fantasie.
Ich stoße ab,
lerne das Fliegen.

Schön verrückt,
vogelfrei ...
und meine Schwingen
stoßen ins Unendliche.

## Herbst

Rauch im Schornstein
verglühendes Blatt
Starenversammlung
vor unserer Stadt

Träume des Sommers
längstens verhaucht
sterbende Rosen
in Nachtfrost getaucht

# Winterwald

verschneiter,
geheimnisvoller,
lass mich eintauchen
in deine Welt,
wo die Einzigartigkeit
den Raum füllt,

wo dein Raunen und Wispern
unter die Haut geht
und die Stille
dem Frieden die Hand reicht
in dieser lauten Zeit.

# Engel kommen und gehen

Als die Glocken läuteten,
saß er auf der letzten Bank,
wärmte sich auf,
während der Pfarrer
die Weihnachtsbotschaft
verkündete.

Später stand er vor dem  Portal,
bärtig, bleich und durchsichtig,
mit abgetragenen Kleidern,
hielt verschämt seine Hand auf,
keiner nahm ihn wahr,
wollte ihn sehen.

Plötzlich war er verschwunden ...

Engel kommen und gehen.
Sollte auch er
einer gewesen sein?

## Weihnacht

Ich mag keine Eiszapfen,
meinte die Liebe,
mein Zuhause ist da,
wo Wärme und Geborgenheit
herrscht,

wo der Frieden
Türen öffnet
und die Hoffnung
ein Licht anzündet.

Textautorin:

Doris Oswald
Sebastian-Blau-Preisträgerin und Autorin mehrerer Bücher,
lebt in Metzingen/Erms

Bildautorin:

Renate Otto,
freischaffende Künstlerin, Mitglied der GEDOK Freiburg,
Illustratorin zahlreicher Bücher, Kalender und Kunstdrucke,
lebt in Friesenheim / Baden und Westerland / Sylt

Gesamtherstellung: Messner Druck & Verlag, D-77978 Schuttertal

ISBN 978-3-934309-21-0